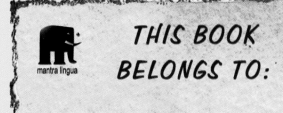

THIS BOOK
BELONGS TO:

mantra lingua

TRC	Waddell, Martin
ESL	Farmer duck-Spanish
WAD	and English

For Anna
M.W.

For Sebastian,
David & Candlewick
H.O.

Published by arrangement with Walker Books Ltd, London

Dual language edition first published 2006
by Mantra Lingua
Global House, 303 Ballards Lane, London N12 8NP
http://www.mantralingua.com

El Pato Granjero
FARMER DUCK

written by
MARTIN WADDELL

illustrated by
HELEN OXENBURY

mantra lingua

Había una vez un pato que tenía la mala suerte
de vivir con un cierto granjero y perezoso.
El pato hacía todo el trabajo. El granjero
se quedaba todo el día en la cama.

There once was a duck who had the bad luck
to live with a lazy old farmer.
The duck did the work.
The farmer stayed
all day in bed.

El pato iba a buscar a la vaca al campo.
"¿Cómo va el trabajo?", gritaba el granjero.
El pato respondía:
"¡Cua!"

The duck fetched the cow from the field.
"How goes the work?"
called the farmer.
The duck answered,
"Quack!"

El pato traía a las ovejas de la colina.
"¿Cómo va el trabajo?", gritaba el granjero.
El pato respondía:
"¡Cua!"

The duck brought the sheep from the hill.
"How goes the work?" called the farmer.
The duck answered,
"Quack!"

El pato metía a las gallinas en el corral.
"¿Cómo va el trabajo?", gritaba el granjero.
El pato respondía:
"¡Cua!"

The duck put the hens in their house.
"How goes the work?"
called the farmer.
The duck answered,
"Quack!"

El granjero engordó por quedarse en la cama,
y el pobre pato estaba harto de trabajar todo el día.

The farmer got fat through staying in bed
and the poor duck got fed up
with working all day.

"¿Cómo va el trabajo?"
"¡CUA!"

"How goes the work?"
"QUACK!"

"¿Cómo va el trabajo?"
"¡CUA!"

"How goes the work?"
"QUACK!"

"¿Cómo va el trabajo?"
"¡CUA!"

"How goes the work?"
"QUACK!"

"¿Cómo va el trabajo?"
"¡CUA!"

"How goes the work?"
"QUACK!"

El pobre pato tenía sueño y ganas
de llorar y estaba cansado.

The poor duck was sleepy
and weepy
and tired.

Las gallinas, la vaca y las ovejas estaban
muy enfadadas.
Querían mucho al pato. Así que se
reunieron bajo la luz de la luna e idearon
un plan para la mañana siguiente.

"¡MUUU!", dijo la vaca.
"¡BEEE!", dijeron las ovejas.
"¡CLO CLO CLO!", dijeron
las gallinas.
¡Y ESE era el plan!

The hens and the cow
and the sheep got very
upset.
They loved the duck.
So they held a meeting
under the moon and
they made a plan
for the morning.

"MOO!" said the cow.
"BAA!" said the sheep.
"CLUCK!" said the hens.
And THAT was the plan!

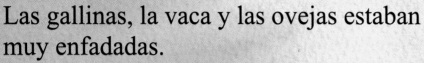

Era justo antes del amanecer, y el corral estaba tranquilo.
La vaca, las ovejas y las gallinas entraron sigilosamente
en la casa por la puerta de atrás.

It was just before dawn and the farmyard was still.
Through the back door and into the house
crept the cow and the sheep and the hens.

Pasaron por el vestíbulo
sin hacer ruido. Al subir
la escalera, los peldaños
crujieron.

They stole down the hall.
They creaked
up the stairs.

Se apretujaron bajo la cama del granjero
moviéndose sin cesar. La cama empezó
a balancearse, y el granjero se despertó
y gritó, "¿Cómo va el trabajo?",
y…

They squeezed under the bed of
the farmer and wriggled about.
The bed started to rock and the
farmer woke up, and he called,
"How goes the work?"
and…

"¡MUUU!"
"¡BEEE!"
"¡CLO CLO CLO!"

"MOO!"
"BAA!"
"CLUCK!"

Levantaron la cama, y el granjero comenzó a gritar.
Entonces empujaron la cama hacia arriba y hacia abajo,
haciendo rebotar una y otra vez al granjero, hasta que
consiguieron que se cayera de la cama…

They lifted his bed and he started to shout, and they banged
and they bounced the old farmer about and about and about,
right out of the bed…

y salió huyendo con la vaca y las ovejas y las gallinas
mugiendo y balando y cacareando a su alrededor.

and he fled with the cow and the sheep and the hens mooing and baaing and clucking around him.

Por el camino abajo…
"¡Muuu!"

Down the lane…
"Moo!"

por los campos…
"¡Beee!"

through the fields…
"Baa!"

sobre la colina…
"¡Clo clo clo!"

over the hill…
"Cluck!"

y nunca regresó.

and he never came back.

El pato se despertó y caminó
cansinamente hacia el patio
esperando oír la frase:
"¿Cómo va el trabajo?"
¡Pero no oyó nada!

The duck awoke and waddled wearily into the yard expecting
to hear, "How goes the work?"
But nobody spoke!

Entonces regresaron la vaca y las ovejas y las gallinas.
"¿Cua?", preguntó el pato.
"¡Muuu!", dijo la vaca.
"¡Beee!", dijeron las ovejas.
"¡Clo clo clo!", dijeron las gallinas.
Y así le contaron al pato toda la historia.

Then the cow and the sheep and the hens came back.
"Quack?" asked the duck.
"Moo!" said the cow.
"Baa!" said the sheep.
"Cluck!" said the hens.
Which told the duck
the whole story.

Luego todos se pusieron a trabajar
en la granja, mugiendo y balando
y cacareando y graznando.

Then mooing and baaing
and clucking and quacking
they all set to work
on their farm.

Here are some other bestselling dual language

books from Mantra Lingua

for you to enjoy.